Conan Barbaari

Ensimmäinen Osa

Erika Sanders

Conan Barbaari:
Ensimmäinen Osa

Erika Sanders

Sarja
Conan Barbaari osat 1-4

Kansikuva: @ katalinks, 2023

Ensimmäinen painos: 2023

Synopsis

Tutustu naisiin Conanin elämässä niin kuin sinulle ei ole koskaan aiemmin kerrottu...

Uusien seikkailujen ja uusien voittojen jälkeen Conan ja hänen porukkansa palaavat kaupunkiin, jota he nykyään kutsuvat kodiksi, Tarantiaksi.

Saako paluu heidät kaipaamaan seikkailuja? vai onko se odotettua parempi?

Tämä julkaisu sisältää osat 1-4:
1 - Conan
2 - Zula
3 - Cassandra
4 - Valeria

Uusi sarja, joka perustuu Robert E. Howardin teoksiin.
(Kaikki hahmot ovat vähintään 18-vuotiaita)

Huomautus kirjoittajasta:

Erika Sanders on kansainvälisesti tunnettu, yli kahdellekymmenelle kielelle käännetty kirjailija, joka allekirjoittaa eroottisimmat kirjoituksensa, kaukana tavallisesta proosastaan, tyttönimellään.

Indeksi:

CONAN BARBAARI
ENSIMMÄINEN OSA
ERIKA SANDERS

LUKU I
CONAN

Aurinko paistoi Tarantian kaupungissa, kun pieni ryhmä kiersi kukkulan harjanteella.

Valkoiset tornit, kuparikupolit ja minareetit loistivat auringonvalossa toivottaen heidät tervetulleiksi pitkän matkan jälkeen.

Viime viikot olivat olleet jännittäviä ja vaarallisia, sillä he olivat tutkineet kadonneita katakombeja etsiessään aarteita, torjuen hirviöitä ja pahoja henkiä palkintonsa puolesta.

Itse asiassa kolikot kantoivat nyt heidän reppujaan.

Conan katsoi kollegoitaan, vankkumattomia tovereitaan taisteluissa, joissa he olivat käyneet, ja monia muita aiemmin.

Lady Yasimina oli ryhmän johtaja ulkomaisesta alkuperästään huolimatta.

Syntyi aristokratiaan jossain etelässä, Styx-joen takana, hän ei ollut yhtään Tarantian tai sen naapurikaupunkien aatelisten kaltainen.

Hänen olkapäille ulottuvat vaaleat hiuksensa paljastuivat ilmaan, kun hän oli poistanut kypäränsä, ja hänen kalpeat huulensa kaareutuivat hymyyn nähdessään kaupungin edessä.

Hän saattoi olla ulkomaalainen, mutta Tarantiasta oli tullut koti myös hänelle viime vuosina.

Matkan pölyn ja menneiden taisteluiden kuumuuden myötä vain hänen kuninkaallinen sukunsa merkitsi hänen jaloa sukujuurensa, mutta heidän palattuaan ei ollut epäilystäkään siitä, etteikö hän voisi helposti liikkua aateliston joukossa, koska hän tiesi vaadittava etiketti, mikä tekee ihmisestä ihanteellisen ryhmän tiedottajaksi.

Paljon enemmän kuin Conanin kaltainen barbaari.

Toisin kuin Lady Yasimina, joka oli lihaksikas ja vahvasti panssaroitu, Conanin vieressä oli Valeria, hän oli haltioiden noita, joka oli aseistettu vain vyönsä tikalla.

Hänellä oli nyt tietysti matkavaatteet yllään, mutta huomenna hän oli varma, että hän olisi pukeutunut täyteläisiin vaatteisiin, jotka täydensivät hänen kauneuttaan.

Yhtä kalpea ja blondi kuin Yasimina, hänen hiuksensa olivat pitkät, ja ne oli tällä hetkellä sidottu pitkään poninhäntään paljastamaan hänen korviensa korkeat kohdat.

Hän oli asunut eteläisten saarten metsien keskellä suuren osan elämästään, mikä ehkä selitti hänen oudon ilmeensä, kun hän lähestyi kaupunkia.

Mutta hän näytti, Conan ajatteli, rauhalliselta ja rentoutuneelta.

Ehkä hänelle, tontunukselle, tämä oli vain toisen matkan loppu, tauko matkojen välillä, eikä todellinen kotiinpaluu.

Zula, kolmas naisista , vaikutti onnellisimmalta.

Pieni tonttu istui eteenpäin ponin satulassa, katseensa kiinnitettynä edessä olevaan kaupunkiin.

Hän oli jo yrittänyt hoitaa itsensä ennen heidän saapumistaan, harjaamalla pölyn vaatteistaan, ja vielä nytkin hän suoristi punertavan viittansa ja vedi kädellä lyhyiden ruskeiden hiustensa läpi.

Hän näytti odottavan kotiinpaluuta enemmän kuin muut, ja Conan ajatteli, että näin usein näytti olevan.

Hän tiesi, että goblinit rakastavat perhettä ja kotia, ja vaikka Zulalla ei ehkä ollut elossa olevia sukulaisia, joista hän tiesi, hänelle tämä oli koti, paikka, jossa hän tunsi olonsa mukavimmaksi.

Varmasti hän oli kotoisin kaupungista, kuten hänkin.

Kuten tavallista, Snagg oli vaikein lukea.

Kääpiö oli hiljainen, kuten kaikki hänen sukulaisensa, eikä hänen kasvonsa näyttänyt nyt tunteita.

"Kerromme teille kaiken tänään iltapäivällä", Yasimina sanoi, "mutta ennen kaikkea odotan kylpyä ja puhtaita vaatteita. Ja illalla ehkä hyvää ateriaa? Onko kaikki valmista ?"?"

"Kyllä, rouva", Yakin vastasi, "eikä mitään suurta ole tapahtunut sinun ollessasi poissa, voin ilokseni sanoa, että kaikki on niin kuin jätit."

"Näetkö", Conan kuiskasi, "tänä iltana haluaisin mennä tavernaan. Käytä vähän noista kovalla työllä ansaitusta rahasta ja muista millaista on palata kaupunkiin! Onko ketään kanssani ?" "

Snagg nyökkäsi ja murahti suostumuksensa, mutta naiset vastustivat.

"Ei, luulen, että vähän rauhaa ja hiljaisuutta kiinnostaisi minua tänään", Valeria vastasi. "Minä jään tänne tänä yönä."

"Kuten minäkin", Yasimina vastasi ja katsoi sitten ryhmän viimeiseen jäseneen, joka ei ollut vielä liittynyt heihin. "Entä sinä, Zula?"

"Voi..." kääpiö sanoi, ikään kuin hän olisi hieman yllättynyt, "ei, ei, minäkin taidan jäädä tänne. Minä, öh, taidan mennä aikaisin nukkumaan. Olen aika väsynyt. loppujen lopuksi." tällä kertaa telttailemassa".

Conan nyökkäsi. Olisi ehkä hyvä viettää yö jonkin aikaa eri seurassa, kun on ollut niin kauan tien päällä muiden kanssa.

"Sitten vain sinä ja minä, Snagg ", hän sanoi ja lisäsi, "yritetään olla liian riehumattomia palatessamme. Mutta ensin meillä on edessämme iltapäivä... ja nuori mies viihdyttääksemme. seikkailutarinojemme kanssa." huh?

* * *

Gold Cup Inn oli täynnä, kuten tavallista tähän aikaan yöstä.

Vaikka paikka vuokrasi huoneita, se oli yhtä paljon taverna kuin majatalo, joten kun varjot alkoivat pidentyä ulkona, monet Tarantian hyvät ihmiset tulivat juomaan ennen kotimatkaa.

Yleisesti ottaen asiakaskunta oli kuitenkin kunnioitettavaa, joten tappelun tai muun epämiellyttävän tapahtuman mahdollisuus ei ollut juurikaan mahdollista, kuten usein muualla kaupungissa sijaitsevissa tavernoissa vähemmän kiitettävillä alueilla.

Tästä syystä Conan piti siitä, ja myös siksi, että täällä yöpyi usein kohtalaisen varakkaita vieraita kaupungin ulkopuolelta, joten se oli myös hyvä paikka löytää työtä.

Snagg eivät olleet tulleet tänne tänä iltana.

Heillä oli tarpeeksi työtä tällä hetkellä.

Hän halusi rentoutua ja pitää hauskaa, ainakin yhden yön.

Hän löysi vapaan pöydän, ja he molemmat istuivat alas ja tilasivat juoman.

Tarjoilija, joka ei voinut olla huomaamatta, oli kaunis.

Hän oli yli parikymppinen, ja hänellä oli kiharat, olkapäille ulottuvat kultahiekan väriset hiukset, ruskeat silmät ja vieraanvarainen hymy .

Hänen lyhythihainen valkoinen paitansa oli matala, paljastaen runsaasti dekoltee.

Ja hänen ihonsa, mitä näin, oli kaunis ja kevyesti ruskettunut.

"Olet uusi", hän sanoi hymyillen, kun hän tuli luokseen juomatarjottimen kanssa, "mikä sinun nimesi on?"

"Livia", hän sanoi yksinkertaisesti ja antoi hänelle hymyn täynnä kauniita valkoisia hampaita.

Kun hän teki niin, hän huomasi, että naisen silmät liikkuivat hänen päällänsä, ottavat huomioon hänen tummat hiuksensa, lyhyen parran ja hän odotti kohtuullisen laihaa, urheilullista vartaloa työstä, joka piti hänet usein liikunnassa.

Hänen katseensa leijaili hieman korvien päällä, hieman terävänä ja osoitti hänen puolihaltiansa perintöä.

"Olen ollut täällä töissä pari viikkoa, mutta en ole nähnyt häntä aikaisemmin. Tuleeko hän usein?"

Hän laski pari mukia pöydälle ja katsoi lyhyesti Snaggia , mutta sitten hän ei ilmeisesti nähnyt mitään kiinnostavaa ja kääntyi takaisin Conaniin.

"Nimeni on Conan", hän vastasi, "ja asun itse asiassa lähellä. Mutta Snagg ja minä olemme olleet viime aikoina poissa täältä."

"Seikkailija?" hän sanoi, kuulosti vaikuttuneelta, "tai kauppias, kenties?"

"Ensinnäkin, ja uskallan sanoa, että minulla voisi olla paljon mielenkiintoisia tarinoita kerrottavana, jos sinulla on aikaa."

Snaggin silmät pyörivät hieman kommentin jälkeen.

Varmasti kääpiölle tämäkin oli vähän liian räikeä.

"Ehkä myöhemmin", Livia sanoi, "on muita asiakkaita."

Toinen nopea hymy, ja hän katosi takaisin väkijoukkoon.

"No, ystäväni", Conan sanoi kääntyen seikkailijatoverinsa puoleen ja nostaen mukiaan, "Viimeaikaisille voittoillemme!"

Ja illan edetessä he vaihtoivat tarinoita viimeaikaisista seikkailuistaan, ja pieni ryhmä alkoi kerääntyä pöydän ympärille.

Jotkut heistä, Conan tiesi, olivat kontakteja ja ystäviä, jotka myös kävivät usein tässä tavernassa, mutta jotkut muut olivat ihmisiä, jotka hän tunnisti parhaimmillaan epämääräisesti.

Snaggista tuli elohopeampi, kun hän joi enemmän olutta, mutta soturi ei nähnyt mitään syytä pysäyttää häntä.

Hän puhui enemmän taisteluista ja kuolemanläheisistä pakenemista kuin rikkaudesta ja aarteesta, ja mitä järkeä oli olla seikkailija, jos ei voinut kehua vähän?

Lisäksi hänen huomionsa oli usein muualla.

Kun Snagg aloitti tarinan taistelusta varjoisten epäkuolleiden kanssa, Conan vilkaisi Liviaa.

Hän oli huomannut, että hän oli kiinnittänyt huomiota tarinoihin, ja hänen katseensa olivat enemmän hänessä kuin kääpiössä, riippumatta siitä, kuka puhui.

Tässä vaiheessa hän kuitenkin kumartui saadakseen kannun baarin takaa.

Hänen vihreä hameensa putosi pohkeen puoliväliin, joten hän näki vain vähän hänen jalkojaan, mutta hänen perseensä oli hyvin pyöristetty.

Hän kuvitteli sen ilman hametta, miltä se tuntuisi hänen kämmenissään...

"Ja sitten...?"

"Hmm?" Hän kääntyi Snaggin puoleen tietäen, että hän oli etsinyt muualta ja oli menettänyt keskustelun langan.

"Kerro heille, mitä teit seuraavaksi", hän kehotti kääpiötä, "kun Yasiminan pullo oli pudonnut kaivoon."

Hän totteli palaten tarinaan ja unohtaen hetkeksi Livian.

Mutta sitten hän ilmestyi pöydän toiselle puolelle pyyhkien tahraa tieltään.

Hän nojautui niin tehdessään, hyvin tarkoituksella, hän ajatteli, antaen selkeän, esteettömän näkymän hänen paidansa yläosaan ja hänen rintojensa kumpuille, jotka työntyivät ulos hänen dekolteestaan.

Hän selvitti kurkkuaan, "takaisin sinulle...", hän kertoi Snaggille .

Livia hymyili hänelle uudelleen, kierteli pöydän ympäri, kunnes oli hänen vierellään ja veti kauniin reidensä hänen kätensä vasten.

Se ei voinut olla onnettomuus, joten hän liu'utti kätensä salaa ylös ja tunsi naisen vartalon muodon hameen paksun kankaan läpi puristaen hänen pakaraan kevyesti.

Hän ei sanonut mitään, ja kaikki muut katsoivat Snaggia tuolloin.

Hän katsoi häntä, ja hän katsoi ylös kattoon majatalon makuuhuoneiden suuntaan ja iski hänelle silmää.

Hän nyökkäsi hiljaa, ja sitten hän oli poissa, takaisin baaria ja toista asiakasryhmää kohti.

***

Conan käveli pimeässä huoneessa.

Isompi kuu nousi ulospäin, heittäen hopeisen valonsa kaupungin ylle, ja osa siitä valui pienen ikkunan läpi.

Iltapäivä oli tullut päätökseen, ja Snagg oli poissa ja palasi huvilaan yksin.

Hän vaikutti alistuneelta siihen, ei erityisen yllättynyt, mutta ei myöskään hyväksyvä.

Lopulta kääpiöt eivät palvoneet Murielaa.

Conan oli jo riisuutunut vyötäröä myöten ja pujahtanut sandaalinsa, ja hänen vaatteensa oli nyt taitettu tuolille nurkassa.

Huoneessa oli vain sänky ja pieni pöytä.

Se ei ollut yksi majatalon tyylikkäimmistä huoneista, mutta sillä ei ollut oikeastaan väliä.

Peiliä ei ollut, mutta soturi tasoitti hiuksensa joka tapauksessa yrittäen näyttää parhaalta.

Hän kuuli siivouksen alakerrassa nyt, kun viimeiset vieraat olivat lähteneet kotiin tai menneet huoneisiinsa.

Oveen kuului hiljainen koputus, ja hän ojensi nopeasti oven auki.

Livia seisoi kehystettynä ovella pitäen toisessa kädessään kynttilä pienellä lautasella.

Kynttilänvalo valaisi hänen kasvonsa ja rintansa, hänen kiharat hiuksensa luovat varjoja, hänen huulensa olivat hieman avautuneet ja kutsuvat.

"Aloin ajatella, ettet olisi tulossa", hän sanoi vitsailevasti, mutta odotus ei ollut liian pitkä.

"Minulla ei ollut mahdollisuutta", hän sanoi ja välähti hymyn vielä kerran.

Hän astui nopeasti huoneeseen, sulki oven lujasti perässään ja asetti kynttilän pöydälle.

Conan muutti sammuttaakseen sen, mutta hän tarttui hänen käteensä ja piti sitä omassaan.

Hänen ihonsa oli pehmeä, lämmin.

"Jätä se päälle", Livia mutisi ja hänen silmänsä vaelsivat hänen paljaalla rintakehällä ja hänen ylävartalollaan.

Yhtäkkiä hän painoi hänen päätään vapaalla kädellään ja veti hänet luokseen suutelemalla häntä intohimoisesti.

Suudelma viivästyi, heidän huulensa kohtasivat.

Conan kietoi kätensä hänen ympärilleen, vetäen ne yhteen, puristaen hänen ylelliset rintansa hänen rintaansa vasten, joita erottaa vain hänen paidansa puuvillakangas.

Hänen kätensä kietoutuivat hänen ympärilleen, hänen kätensä tutkivat hänen selkäänsä lähettäen odotuksen pistelyä pitkin hänen selkärankaa.

He pysähtyivät, hengittivät syvään ja katsoivat toistensa silmiin, ja sitten he suutelivat uudelleen kielensä kietoutuneena.

Lopulta hän vetäytyi, ja hän katsoi häntä uudelleen ihaillen, kuinka hänen rintansa nousi.

Hän kurkotti alas ja riisui naisen valkoisen paidan liu'uttamalla kätensä sen sivuille, sitten nosti sen hänen päänsä yli, kun hän kohotti kätensä.

Hän hymyili uudelleen ja lausui yksinkertaisen lauseen: "Olenko kunnossa kanssasi?"

Se oli kysymys, joka ei oikeastaan tarvinnut vastausta; hän oli upea.

Sen sijaan, että olisi vastannut, hän painoi naisen rintoja käsiinsä ja juoksi sormillaan hänen ihollaan.

Hänen nännit olivat myös suuret ja vaaleanpunaiset, jo kovat ja piikkiset, kun hän silitti peukaloitaan.

Hän veti hänet jälleen luokseen, ja he suutelivat, kun hän juoksi kätensä hänen hiuksiinsa jäljittäen hänen niskansa muotoja.

Hän johdatti hänet varovasti sängylle, vuorotellen suudella häntä ja koskettaen hänen rintojaan.

Livia huokaisi, kun hän makasi selällään, ja hän kiipesi sängylle hänen viereensä.

Hän suuteli hänen leukaansa ja sitten hänen kaulaansa siirtyen alas hänen solisluutaan.

Hän pysähtyi hetkeksi ihaillen hänen rintojensa muotoa, sitten nojasi päänsä kohti yhtä, heilutellen hänen nänniään kielellään.

Hän mutisi jotain kuulumatonta, mutta onnellista, ja hän jatkoi imeen hellästi ja juoksemalla kielellään herkän ihon yli.

Hän hieroi hänen vapaata rintaansa ja siirtyi sitten.

Se maistui hyvältä, kun hänen omat kätensä juoksivat hänen käsivarteensa, hänen olkapäänsä yli, tuntien hänen kiinteää vartaloaan.

Hän katsoi ylös, ja heidän katseensa kohtasivat jälleen.

"Mmm... älä lopeta", hän sanoi.

Sen sijaan, että olisi vastannut, hän suuteli hänen rintaluunsa pohjaa ja siirtyi sitten hänen vatsalleen.

Hän pohdiskeli jälleen hänen ihonsa pehmeyttä ja vartalon muotoa, joka oli hyvin linjattu, mutta ilman kovia lihaksia.

Hän kurkotti hänen hameensa vyötä kohti ja kiipesi sängystä ja asettui hänen jalkojensa väliin.

Hän veti tämän hameen ja puuvillaiset pikkuhousut hänen lantiolleen ja liu'utti ne hänen jalkojensa yli lepäämään lattialla.

Livia potkaisi kenkänsä jaloistaan ja seisoi alasti ja avuttomana hänen edessään.

Alastomana hänen jalkansa näyttivät yhtä hyvältä kuin hän oli kuvitellut tavernassa.

Hän juoksi kätensä hänen reidensä yli liikuttaen niitä hitaasti ylös ja suuteli hänen lantiotaan aivan häpykarvojen vieressä.

Hänen jalkansa olivat erillään, ja hän puhalsi pehmeästi niiden välissä, hänen hengityksensä lämpö kiusoitteli häntä, kun hän katseli kynttilänvalossa kosteushelmeä kiiltävän niiden välissä.

"Ai niin", Livia huokaisi, "kyllä kiitos..."

Hän juoksi kielellään raon yli, jakoi sitten huulensa tutkien hänen kusipäänsä lämmintä, kutsuvaa lihaa.

Livia haukkoi mielihyvää, hänen lantionsa kiemurtelevat himokkaasti lakanoita vasten.

Conan laittoi kätensä naisen pohjalle ja jatkoi imemistä ja nuolemista, heilutellen kielensä klissiä vasten.

Livia voihki nyt hiljaa.

Hän laski kätensä silittääkseen hänen hiuksiaan ja juoksi pitkin hänen vasemman korvansa teräviä ääriviivoja.

Hän katsoi ylös ja katseli näiden upeiden rintojen nousevan ja laskevan, kun hänen hengityksensä tuli raskaammaksi ja kiihtyneemmäksi.

Hän palasi tehtäväänsä, työntäen nyt yhden sormensa pilluinsa, kun hän jatkoi sen nuolemista.

Kun hän leikki hänen klisollaan, hän voihki, siirtyen hieman hänen alapuolelleen, joten hän teki sen uudelleen, muuttaen hänen voihkauksensa intohimoisiksi haukkoiksi.

Hän nousi seisomaan ihaillen vielä kerran edessään olevan tytön kauneutta.

Livia nojautui kyynärpäinsä, hiki valui nyt hänen kasvoilleen ja pistei lukon otsaansa.

Hänen katseensa kulki hänen vartalonsa yli, kun hän jälleen istui sängylle hänen viereensä.

"Nautit siitä, eikö niin"

Hän kiusoitteli häntä ja sai vastineeksi suudelman.

Hän kurkotti jälleen kerran hyväilläkseen yhtä hänen rintaansa, kun hänen kätensä liukui alas hänen kylkeään.

Hän veti vyöstään, löysensi narua vaivalloisesti ja pujasi ne sitten reisiensä yli.

Hän riisui pikkuhousut, ja hänen kätensä löysi hänen kukkonsa, silitti sen pituutta, juoksi sormellaan kärjen yli ja harjasi silmua.

Hän suuteli hänen lähintä rintaansa uudelleen, imi nänniä, nuoli sitä samalla kun hänen oma kätensä hyväili hänen erektioaan.

Hän ihmetteli jälleen hänen kosketuksensa pehmeyttä, joka näytti saavan hänet vain suurempaan hurmioon.

Hän hieroi hänen kaluaan emättimensä märkiä hiuksia vasten, ja hän katsoi ylös ja kohtasi hänen rukoilevan katseensa.

Hän käänsi jalkaansa ja kietoi hänen painonsa hänen rintojaan.

Hän ohjasi hänet sisään, kun hän työntyi syvälle hänen kutsuvaan kuseen.

"Voi jumalat", hän mutisi ja kietoi toisen kätensä kaulansa taakse ja kupii toisella kädellään takaosaansa jatkaessaan keinumista edestakaisin.

He huohottivat nyt, nautinto nousi hänen sisällään, kun hän työntyi yhä uudelleen hänen kehoonsa.

He suutelivat, kun hän hieroi hänen yhtä rintojaan, ja hän juoksi sormella hänen korvansa ympäri.

Hän pysähtyi hetkeksi, koska hän ei halunnut tapahtuman päättyvän liian aikaisin.

Hänen ruskeat silmänsä olivat elossa, kimaltelevat kynttilän valossa, ja hänen hymynsä oli yhtä tarttuva ja kutsuva kuin koskaan.

Hän alkoi liikkua uudelleen, tuntien hänen lantionsa painavan häntä vasten, hänen kätensä tarttuvan hänen pakaraan nyt tiukemmin, hänen rinnoistaan tippuvan hiki, kun hänen turvonneet vaaleanpunaiset nännit jatkoivat tanssimista.

Livia huusi hänen tullessaan ja tarttui hänet luokseen, kun hänen oma orgasminsa raivosi hänen ruumiinsa.

Edes Conan ei ollut odottanut, että hänen ensimmäinen yönsä seikkailusta oli niin miellyttävä...

LUKU II
ZULA

Zula sulki makuuhuoneensa oven perässään ja nojasi hetken ovea vasten yhtäkkiä hermostuneena.

Hän oli vapautunut myöhäisillan keskustelusta, kun Yakin oli lähtenyt suorittamaan omaa yötyötään.

Hän väitti olevansa väsynyt, mutta totuus oli aivan toinen.

Hän otti maagisen kristallipallon laukustaan ja piti sitä kädessään, katsoi sitä sydämensä hakkaamassa.

Kun hän löysi sen, hautautuneena roskiin maanalaisen kammion takaosan läheltä, hän oli alun perin suunnitellut luovuttavansa sen muille, kuten minkä tahansa osan ryhmän aarteen saaliista.

Mutta se oli ennen kuin hän tajusi, kuinka hyödyllistä se olisi ja mitä hän voisi tehdä sillä... jos muut eivät tietäisi, että hänellä on se.

Hän tunsi syyllisyyttä sen tekemisestä, varsinkin kun hän pohti, mikä hänen todellinen motiivinsa oli ollut.

Ehkä hänen olisi pitänyt kertoa heille ja sitten lunastaa se osakseen saaliista.

Se oli paljon helpompaa, jos he eivät tietäisi... mutta yhtä lailla nyt olisi äärimmäisen noloa, jos he saisivat tietää.

Mutta siihen oli jo liian myöhäistä.

Hänellä oli kristallipallo kädessään, eikä ollut mitään järkeä ottaa sitä, jos hänellä ei ollut aikomusta käyttää sitä.

Se olisi molemmista vaihtoehdoista pahin.

Hän hengitti rauhoitellakseen itseään, liu'utti oven sisäpuolella olevaa salpaa, sulki sen ja suuntasi sänkyynsä.

Hän riisui takkinsa, laittoi sen sivuun, istui sängylle ja riisui myös saappaansa.

Piksinä hän rakasti mukavuutta, ja sänky tuntui jo kutsuvalta.

Hän makasi peiton päällä, tunsi niiden pehmeää materiaalia paljain varpaillaan ja nojasi päänsä syvästi tyynylle.

Joten hän oli jo hieman rennompi ja levitti eteensä pienen maagisen pallon.

Hän osasi tietysti aktivoida asioita, koska hän oli nähnyt sen kerran aiemmin, useita vuosia sitten.

Ne olivat hyödyllisiä laitteita, mutta harvinaisia, ja vain hänen onnensa salli yhden luisua hänen käsiinsä.

Hän tuijotti maapalloa herättäen sen eloon ja painoi sen sitten varovasti yhtä suljettua silmää vasten.

Lasi alkoi hehkua, ja hänen edessään näkyi utuinen valokiekko.

Hän avasi kätensä ja pallo alkoi nousta, jättäen maapallon taakse, edelleen kiinnitettynä hänen kasvojensa eteen.

Hän näki levyn sisällä muodostuvia muotoja: kuvan hänen pimeästä huoneestaan nähtynä kristallipallon näkökulmasta, ei hänen omien silmiensä kautta.

Itse asiassa maaginen silmä, hän ajatteli.

Nyt hänen täytyi vain miettiä, minne hän halusi hänen menevän, ja toivoa, ettei kukaan nähnyt häntä.

Se oli niin pieni, että kukaan ei varmasti tekisi sitä, kunhan hän oli varovainen.

Nyt hän saattoi katsoa minne halusi, kenenkään tietämättä... ja oli yksi paikka, jota hän varmasti halusi katsoa.

Hän toivoi silmän kelluvan ulos avoimesta ikkunasta alakertaan, jossa se liukastui toisen aukon läpi.

Tila oli liian kapea ihmiselle mahtumaan ikkunan yläpuolella olevan metallisäleikön takia, mutta ei niin pienelle kuin tälle silmälle.

Hän suuntasi katseensa päähuoneeseen, johon hän oli jättänyt muut, ja jätti sen roikkumaan juuri oven yläpuolelle, varjoihin lähellä kattoa.

Taloa valaisi vain muutama taskulamppu siellä täällä, jättäen monia pimeyttä.

Oven läpi hän näki Yasminan ja Valerian, jotka näyttivät jo vetäytyvän, ilmeisesti päättäessään, ettei heillä ollut muuta tekemistä tänä iltana, elleivät he halunneet odottaa Conania ja Snaggia .

Odottaessaan oikeaa hetkeä hän piti silmää paikallaan, kunnes he lähtivät portaita ylös ja siirsivät sen sitten hitaasti käytävää pitkin kohti yhtä takaovea.

Paikan maaginen näky oli poikkeuksellinen, melkein kuin hän itse seisoisi siellä, tai pikemminkin leijuisi ilmassa, juuri katon alla.

Yksityiskohdat olivat yhtä teräviä kuin hänen oma näkönsä ja lähes sama näkökenttä.

Mutta oli hyvä, että hän oli pimeässä huoneessa, sillä hänen edessään levyllä näkyvät varjot olisivat peittäneet kaiken, jos hän itse seisoisi valossa.

Melkein heti takakäytävään astuttuaan hän näki kohteensa: Yakinin.

Yakin oli tietysti ihminen, ja siinä piilee tragedia.

Hän oli komea poika, muutaman vuoden häntä nuorempi, mutta tarpeeksi vanha ollakseen hänen tyyppiään ja tarpeeksi kypsä kiinnostamaan häntä.

Hänestä olisi tullut melkoinen tonttu ulkonäöstään, vaaleanruskeista hiuksistaan ja suorasta nenästään.

Mutta se ei ollut, mikä tarkoitti, että heidän välillään olisi aina kuilu.

Ihmiset sekoittuvat usein tonttuihin - Conan oli elävä todiste siitä - mutta ei koskaan peikkoihin.

Kokoero oli liian suuri este heidän käsityksilleen ja, jos hän oli rehellinen, myös useimmille goblineille.

Hän oli kolme jalkaa kaksi tuumaa pitkä, täysin kohtuullinen tonttunaiselle, mutta Yakinin kaltaista ihmistä vastaan... no, jos hänen piti olla rehellinen, ongelma oli hänen haarassaan, joka olisi hänelle liian suuri .

Se oli sääli, se todella oli.

Jos vain olisi jokin tapa pienentää hänet kokoon, jotta hän voisi ottaa hänet tavallisen naisen tavoin.

Hän ei näyttänyt tytöltä millään muulla tavalla; hänen rinnansa ja lantionsa tekivät hänestä yhtä muodokkaan kuin kenestä tahansa ihmisnaisesta.

Kääpiöt olivat erilaisia paksuvartaloineen ja kituneine raajoineen; vaikka ihminen olisi kääpiön kokoinen, hän ajatteli, että olisi epätodennäköistä löytää sellaista houkuttelevaa.

Ja jos hän olisi kääpiö, hän ei luultavasti näkisi Yakinissa mitään.

Mutta hän ei ollut, ja totuus oli, että hän oli viehättävä nuori mies ja aina huomaavainen ja avulias.

Kuinka monta kertaa hän oli makaanut tässä sängyssä häntä ajatellen?

Kuinka monta kertaa hän oli kuvitellut hänen kasvonsa muutaman viime päivän aikana odottaen, että hän voisi olla taas hänen lähellään?

Kuinka monta kertaa hän oli haaveillut hänestä kuvitellen hänen jotenkin pienentyneen hänen kokoonsa, ja mitä he voisivat tehdä yhdessä, jos hän olisi?

Mutta hän ei halunnut tehdä sitä tänä iltana; hän halusi vain katsoa häntä tietäen, että jos hän tietäisi, mitä hän tunsi, asiat muuttuisivat epätoivoisen epämukavaksi.

Koska hän oli ihminen, eikä hän voinut koskaan vastata hänen tunteisiinsa, hänen haluihinsa.

Niinpä hän makasi sängyllä ja katseli häntä sulkemaan ikkunaluukut ja sammuttamaan taskulamput valmistaen huvilaa yöksi.

Hän tajusi, että kun ikkunaluukut olivat kiinni, hänen täytyisi mennä takaisin alakertaan, kun hän oli mennyt nukkumaan, ja avata ikkuna päästääkseen silmän takaisin huoneeseensa.

Mutta tällä hetkellä hän oli iloinen nähdessään hänet.

Jonkin ajan kuluttua, ilmeisesti tyytyväinen yön tehtäviinsä, Yakin suuntasi sivuovesta.

Zula tajusi heti, että tämä ei ollut polku hänen asuntoihinsa.

Itse asiassa hän tajusi, että hänen sydämensä melkein hypähti ajatuksesta, se oli ovi kylpyhuoneeseen!

Tarantian kaupunki rakennettiin kuumille lähteille, mikä oli osa sen olemassaolon syytä.

Huvilalla, kuten monilla eri puolilla kaupunkia sijaitsevilla, oli oma kylpyhuone, joka oli täynnä luonnollisesti lämmintä vettä.

Hän itse oli käyttänyt sitä aiemmin matkalian ja pölyn pesemiseen, mikä oli hänen ensimmäinen oikea kylpy yli kuukauteen.

Tiedostamattaan, unohtaen vain hetken aikaisemman päätöksensä, hän siirsi vasemman kätensä rintaansa vasten ja hyväili sitä viittansa punertavan kankaan läpi.

Hänen nännit kovettuivat kosketuksessa.

Menikö Yakin vain korjaamaan jotain vai...?

Hän pyyhkäisi silmänsä hänen takanaan olevasta ovesta ja käänsi sen kohti kattoa.

Yakin kääntyi yhtäkkiä, katsoi taakseen ja suuntasi sitten ulos ovesta.

Oliko hän nähnyt silmän?

Oliko hän liikuttanut sitä liian nopeasti?

Zula oli nyt halvaantunut, ei uskaltanut liikkua, ikään kuin hän jotenkin näkisi hänet, ei kelluvaa kristallipalloa.

Mutta nuori ihminen pudisti päätään, ei ilmeisesti nähnyt mitään, ja palasi huoneeseen sulkeen oven perässään.

Hän oli ollut lähellä, mutta näytti siltä, että hän oli onnistunut pitämään silmänsä poissa näkyvistä.

Nyt hän ei kuitenkaan uskaltanut siirtää sitä nykyisestä paikastaan, lähellä kattoa, kauemmaksi kahdesta huonetta valaisevasta lampusta.

Hän ei voinut ottaa sitä riskiä, että hän tekisi hänet uudelleen epäilyttäväksi.

Yakin otti yhden pyyhkeistä ja asetti sen kylpyhuoneen lähelle.

Hän tajusi, että hän todella aikoi käydä kylvyssä, ja hänen alkuperäinen suunnitelmansa haihtui hänen ajatuksistaan kokonaan.

Hän halusi vain katsella hänen työskentelyään, kunnes hän sammutti lamput ja upotti talon pimeyteen, mutta nyt se oli erilaista.

Hän hieroi jälleen vasenta kättään rintaansa rypistämällä kangasta sen päälle ja tunsi jännitystä, kun hän liu'utti toista kättään reiteen sisäpuolelle ja tunsi hihnan pehmeän nahan painavan hänen lihaansa vasten .

Hän hengitti sisään, huokaisi odottaen, hänen silmänsä levenevät.

Yakin kohautti olkiaan tunikaltaan ja kumartui sitten irrottaakseen kenkänsä.

Huolimatta kaikesta, mitä hän oli yrittänyt, hän ei ollut koskaan nähnyt häntä osittaisen alastomuuden tilassa .

Hän tajusi, ettei hän edes tiennyt, miltä alaston miespuolinen mies näytti.

Kuinka samanlaisia ne olisivat tonttujen kanssa?

Sen perusteella, mitä hän oli tähän mennessä nähnyt, eroa ei ollut.

Yakin oli kohtalaisen hyvävartaloinen, hänen vaalea ihonsa virheetön ja sileä, kevyt karvapehmuste rintakehän yläosassa, mutta hyvin vähän.

Hänen ruumiinsa oli sellainen kuin hän oli aina kuvitellut hänet, trimmattu mutta ei liian lihaksikas, hänen vatsansa litteä.

Hän katsoi alas vyötärölleen, kun hän alkoi puuhailla nauhoja, jotka pitivät hänen omaa asuaan.

Ja sitten Yakin kääntyi ympäri.

Se ei ollut hänen selkänsä, jonka hän halusi nähdä, mutta nyt hän oli selkänsä häntä päin ja asetti kenkänsä ja tuniikkansa varovasti eteensä olevalle penkille.

Hän ei uskaltanut liikuttaa silmäänsä saadakseen paremman kuvan, ja vain tuijotti häntä, pystymättä tekemään mitään tilanteelleen.

Yhdellä sujuvalla liikkeellä Yakin riisui pitkät sukkahousut ja veti sitten alas alla olleet puuvillashortsit.

Hänen pakaransa olivat kiinteät, muodokkaat, sellaisia kuin hän piti.

Mutta hän halusi nähdä enemmän.

Miksi se kesti niin kauan?

Turhautuneena murahtien hän kurkotti alas vasemmalla kädellään, jakoi tunikansa, kurkotti sisään ja puristi sitten paljastunutta nänniään.

Pitsisolmuja avautui, ja hän liukui toisen kätensä pikkuhousuihinsa, vei sormillaan häpykarvansa yli jalkojensa väliseen halkioon.

Hänen pillunsa särki halusta, mutta hän pakotti itsensä pysähtymään hiljaa ihmetellen.

Oliko hänen todella pakko?

Joo.

Hän varmasti halusi.

Yakin kääntyi takaisin kylpyyn ja seisoi sen edessä, jyrkästi alasti, kaikkea mielenkiintoista näkyvissä.

Sillä hetkellä hän tajusi, että hän ei ollut edes ajatellut, kumman kahdesta mahdollisuudesta hän todella halusi olevan totta.

Oliko hän odottanut, että huolimatta ihmisen suuresta koosta muilta osin, hänen peniksensä olisi peikkon kokoinen, mikä antaisi hänelle toivoa, vaikkakin kaukana, toivoen, että hän jonain päivänä voisi laittaa sen reisiensä väliin?

Vai oliko hän salaa toivonut jossain mielensä hämärässä, että ihmiset olisivat kaikin tavoin mitoitettuja kuin peikko, tehden hänen kukkonsa yhtä suuren ja voimakkaan kuin muutkin?

Nyt oli hyvin selvää, että viimeinen mahdollisuus oli todellinen.

Hän ei ollut koskaan ennen nähnyt alastomaa ihmistä, mutta hän oli nähnyt alastomia peikkomiehiä ja kaikissa suhteissaan Yakin muistutti varmasti sellaista.

Kuinka suuri se merkitsi hänen peniksensä, varsinkin kun se oli täysin erektiossa?

Nyt hän ei ollut pystyssä ja hän näytti valtavalta, kuinka suuri hän olisi, kun hän olisi täysin pystyssä?

Kuinka paljon tämä oli tuhonnut hänen toiveensa omistaa hänet?

Juuri nyt hän ei välittänyt.

Vasen käsi hyväillen rintaansa, hän työnsi sormen pillua huulten väliin.

Hän oli hyvin märkä, kuuma, kipeä hänen kosketuksestaan.

Hänen täytyi päästä vapaaksi, ja hän tarvitsi sen pian.

Hänen sormensa silitti klilista, ja hän haukkoi henkeään kokiessaan äkillisen nautinnon aallon.

Hän tarvitsi häntä niin kipeästi, että se sattui.

Kyllä, hän oli masturboinut monta kertaa ennenkin Yakinia ajatellen, mutta näin ei ollut koskaan ollut.

Kuva hänestä alasti ennen kylpyä oli sellainen, jonka hän varmasti pysyisi mielessään ikuisesti.

Se näytti ikuisuudelta, mutta tuskin olisi voinut kulua kauan ennen kuin hän liukastui kylvyn lämpimiin vesiin.

Nyt etsii tuoksuvaa saippuaa ja hohkakiveä, joita hän itse oli käyttänyt sinä iltana.

Vedet olivat puhtaita ja kirkkaita, joten hän näki koko kehonsa aaltojen vääristämänä, mutta enemmän kuin tarpeeksi ruokkimaan hänen fantasioitaan.

Hän liu'utti sormeaan pilluaan sisään ja ulos, löytää rytmin ja tunsi sukupuolensa liukkaan kosteuden.

Sitten hän katsoi vielä kerran kiintymyksensä kohdetta ja teki jotain, jota hän ei ollut koskaan ennen tehnyt, ja pisti toista sormeaan.

Hän alkoi pumpata, hakkaa kovemmin, hänen hengityksensä oli repaleinen, vetää toisella kädellään naisen nänniä, väänten sitä peukalon ja etusormen välissä.

Hän halusi Yakinia niin paljon, mutta tämä oli kaikki mitä hän pystyi tekemään tunteakseen, että hän työnsi hänet sänkyynsä.

Hänen sormensa työskenteli kovasti, kun hän pakotti ne syvemmälle, kuvitellen, että valtava kukko oli täysin pystyssä, työskennellen hänen innokkaaseen kusiensa.

Kuvittele, että ne kiinteät pakarat hakkaavat hänen sisällään kasvavalla voimalla.

Hän upotti kolmannen sormen hänen himokas intohimonsa ja piti sitä tiukkana, melkein tuskallisena.

"Voisin naida sinua, tiedän, että voisin..." hän huokaisi tajuten yhtäkkiä puhuneensa ääneen.

Sitten hänen huipentumansa osui häneen, ja hän kumartui sängystä, hänen pieni ruumiinsa kouristivat orgasmien aallot törmäsivät hänen ylle, hämmästyttäen raivossaan, sokaisen jopa näkemyksen alastomasta miehestä hänen edessään olevan valokiekon edessä.

LUKU III
CASSANDRA

Pehmeäpohjaisista nahkasaappaat eivät kuuluneet juurikaan, kun tumma, hupullinen hahmo käveli pimeää takakatua pitkin.

Läheiset talot olivat suuria, jotkin Tarantian ylellisimmistä, monet niistä valaisi lyhtyvalon sisältä tähän aikaan yöstä.

Vaikka ulkona ei olisi ollut pimeyttä, hahmon piirteistä vain vähän olisi näkynyt pitkän, hupullisen viittauksen alla.

Hahmo katseli ympärilleen varmistaakseen, ettei kukaan ollut katsomassa, mutta katu oli autio.

Hän lähestyi yhden talon takaovea ja koputti hellästi.

Pitkän tauon jälkeen ovi avautui hieman ja sieltä kurkisti ihmisen kasvot.

Ilmeisesti tyytyväinen vierailijan henkilöllisyyteen mies avasi oven leveämmäksi ja hahmo katosi sisälle.

Sisähuone oli synkkä, ja sen valaisi vain palvelijan pitelemä kattokruunu.

Cassandra veti viittansa hupun taakse paljastaen kauniit, mutta vakavat kasvot, joissa oli kalpea iho ja olkapäille ulottuvat ruskeat hiukset.

Hänen syntyperänsä oli kuitenkin heti ilmeinen, samoin kuin kenties hänen syynsä piiloutua.

Heti hänen hiustensa alapuolella oli kahden pienen mustan sarveen kärjet, ja hänen silmänsä hehkuivat kynttilän valossa kuin kaksi tummaa granaattia, selvästi epäluonnollinen punertava sävy.

"Ilmoitan rouvallesi läsnäolostasi", mies sanoi, mutta ei ilmeisesti reagoinut millään tavalla hänen paljastavaan ulkonäköön, "ja odota täällä."

Sen sanottuaan hän lähti, otti kynttilän mukaansa ja syöksyi huoneen melkein täydelliseen pimeyteen.

Sillä ei ollut Cassandralle mitään väliä, vaikka hänellä ei ollut aavistustakaan, oliko mies ymmärtänyt sen vai ei.

Hän oli puolidemoni, hänen verensä oli tahrannut itse helvetin pimeyttä.

Suurin osa hänen esivanhemmistaan oli tietysti ollut ihmisiä, mutta yksi hänen isoisoisoäidistä oli sitoutunut yön riehumiseen demonin kanssa ja jätti tämän seurauksena hänen isoisoisänsä.

Hän ei tiennyt tai välittänyt tarkoista yksityiskohdista, saati kuinka hänen helvetin koskettama linjansa oli ulottunut sukupolvien ajan, mutta hänen verensä helvetin tahra antoi hänelle etuja arkipäiväisempään ihmiseen verrattuna.

Yksi niistä oli loistava kyky nähdä pimeässä, joka olisi haastanut jopa kissan näön.

Hän päätteli, että tämä oli vierailijoiden odotushuone, jonka hänelle ei ollut selvää, että talon omistaja halusi muiden näkevän saapuessaan.

Kauppiaat suurimmaksi osaksi luultavasti, mutta myös hänen kaltaisiaan.

Huoneessa oli vähän sisustusta ja vain yksi ikkuna, joka oli tiukasti kiinni.

Tässä oli pari tuolia, molemmat toimivat, mutta eivät tarpeeksi kalliita sopimaan todella taloon.

Ainoa luonteen kosketus oli käytävällä, joka seisoi pienellä jalustalla.

Se oli pronssiin valettu patsas, jossa oli satyyri, jolla oli epätodennäköisen suuri fallos, joka naittaa pientä nymfiä.

Nymfin suu oli auki ja huusi, mutta patsas oli liian epäselvä sanoakseen, oliko kuvanveistäjä tarkoittanut sen iloksi vai kivuksi.

Hän epäili, että se oli varsin tahallista.

Joka tapauksessa tuntui oudolta olla käytävällä.

Mies palasi odotuksen jälkeen, jonka oli varmasti tarkoitus asettaa hänet paikalleen, mutta ei tarpeeksi kauan ollakseen todella hankalaa.

"Hänen rouva näkee sinut nyt", hän sanoi ja viittasi häntä seuraamaan.

Hän johdatti tien käytävän läpi, joka jalustaa ja sen hahmoa lukuun ottamatta näytti paljon kuin mikä tahansa muu kallis ja ylellinen talo.

Hän ihmetteli, oliko pronssinen patsas asetettu sinne hänen omaksi hyödykseen, ja jos oli, mitä viestiä sen piti kuljettaa.

Ehkä hän oli vain halunnut saada hänet levottomaksi, mutta jos oli, hän oli epäonnistunut.

Puolidemonin yllättäminen vaatisi enemmän.

Lopulta he tulivat puisen parioven luo, johon oli kaiverrettu abstrakti bareljeef, jonka mies avasi osoittamaan valoisampaa huonetta sen takana.

Hän viittasi naisen tulemaan sisään, ja kun hän tuli sisään, hän kumarsi äänettömästi huoneen asukkaalle ennen kuin astui taaksepäin ja sulki oven.

Hänen rouvansa oli selvästi perverssi.

Kuvakudokset riippuivat kolmella huoneen neljästä seinästä piilottaen kaikki muut mahdollisesti olleet ovet tai ikkunat.

Ainoa paljas seinä oli se, joka sisälsi oven, josta he olivat juuri menneet sisään, ja jossa oli kirkkaita lyhtyjä ja lamppuja, jotka loivat valoa huoneen halki.

Lisäksi siellä oli kaksi tuolia ja pieni pöytä, jolla oli viinipullo ja lasi.

Jos hän istuisi tyhjässä tuolissa, pöytä olisi ulottumattomissa, mutta mikä vielä tärkeämpää, vain kolme kuvakudoksilla vuorattua seinää olisivat näkyvissä.

Ja vaikka käytävällä oleva hahmo saattoi saada hänet tuntemaan olonsa epämukavaksi, kuvakudokset voivat varmasti tehdä niin.

Jokainen esitti öisen puutarhan, joka oli täynnä alastomia vartaloja, jotka harjoittivat graafista ja selkeää seksuaalista toimintaa.

Ne vaihtelivat intohimoisesta omituiseen ja jopa julmaan.

Ihmisten ja haltioiden lisäksi pedot ja puolidemonit näyttivät olevan näkyvästi esillä, ja monet pareista olivat samaa sukupuolta.

Tällä ei ollut mitään tekemistä sen kanssa, miksi hänet oli kutsuttu tänne, ja hänen mielensä alkoi muotoilla pakotaktiikoita, vain varotoimenpiteenä.

Lady Gedren istui suuremmassa kahdesta valtaistuimen kaltaisesta tuolista, jotka oli pehmustettu punaisella kankaalla.

"Hyvää iltaa", hän sanoi pehmeällä äänellä kuin silkki, "istu istumaan."

Cassandra oli jo tehnyt läksynsä edessään olevasta naisesta ennen tuloaan.

Lady Taramis Gedren nähtiin harvoin paikallisen aateliston sosiaalisissa piireissä, ja hyvästä syystä: hän oli itsekin tumma tonttu.

Sikäli kuin Cassandra saattoi päätellä, hänet oli jostain syystä syrjäytetty omasta yhteiskunnastaan ja hän oli asettunut tänne rakentamaan omaisuuttaan kaupallisen ja taikuuden avulla.

"Naisen" titteli oli pelkkä kiintymys, jäänne hänen superyksinomaisesta kasvatuksestaan.

Hän istui tyhjälle tuolille päin tummaa tonttua.

Hänen herransa vasemman olkapään yläpuolella oli kuvaus haltianaisesta tukehtumassa minotauruksen jäykkään kukkoon, ja toisella kuva miehestä, joka oli kahlittu puuhun, kun miespuolinen tumma tonttu sodomoi häntä.

Ihmisen omasta asennosta päätellen hän ilmeisesti nautti suuresti kahleista huolimatta.

Cassandra ei huomioinut molempia kuvia pitäen silmänsä tiukasti kiinni edessään olevaan naiseen.

"Kuulin, että olet hyvä", hänen rouvansa sanoi.

Puolidemoni ei sanonut mitään: olosuhteet huomioon ottaen lause oli melko moniselitteinen.

"Hankiessaan tavaroita omistajan tietämättä", Dark Elf Archer lisäsi lyhyen hiljaisuuden jälkeen, "meneessään tiloihin, joissa muut eivät haluaisi joutua häväistyksi. Onko tämä totta?"

"Kyllä", Cassandra vastasi yksinkertaisella toteamuksella.

Gedren tiesi jo, tai hän ei olisi täällä.

Dark Elf Archer nyökkäsi pitäen ylpeänä ilmeensä.

Hänen mekkonsa, jos sitä niin voisi kutsua, oli valmistettu tummanvioletista materiaalista, mutta Cassandra epäili, että sen luoja ei voinut olla tavallinen räätäli.

Toppi koostui kahdesta epämääräisestä tummanvioletista materiaalista, jotka oli venytetty Gedrenin rintojen yli, ja niitä piti yhdessä kultainen rintakoru, jossa oli yksi rubiini hänen runsaassa pääntiessä, ja lisäksi siinä oli mustia kangasnauhoja selän ympärillä ja hänen päällänsä. olkapäät..

Hän käytti myös hienoa, silkkisen mustaa materiaalia olevaa viitta, joka muodosti kaulan ympärille, mutta työnsi sen takaisin näyttääkseen paremmin muun kehonsa aistillisen ja eroottisen kokonaisuuden.

Hopeiset rannerenkaat koristelivat hänen paljaita käsivarsiaan, kun taas mustat pehmusteet peittivät käsivarret, panssaria muistuttavat, mutta selkeästi koristeelliset kuin käytännölliset.

Hänen ihonsa oli musta, sileä ja virheetön.

Hänen vatsansa oli paljas, hoikka ja kaareva, ja sitä koristaa vain kultainen filigraaniketju juuri napan alapuolella, jossa oli pieni roikkuva helmi.

Sen alta tuli hänen mekkonsa toinen osa, kaksi leveää olkahihnaa samaa tumman violettia materiaalia kiedottuina hänen jalkojensa väliin ulottuen hänen pohkeidensa keskelle.

Ne yhdistettiin kahdella muulla mustalla hihnalla, joista toinen ulottui hänen paljaille lantiolleen ja toinen alempana hänen reisiensä yläpuolelle.

Se näytti melkein paidalta, mutta silti se jätti hänen jalkansa melkein paljaiksi.

"Minulla on tehtävä, joka vaatii jonkun erityiskykyisistäsi", Lady Gedren sanoi, "on sanomattakin selvää, että harkintakykynne on ehdottoman välttämätöntä."

"Tiedät, että hiljaisuus on taattu työlläni", vastasi puolidemoni.

Gedren olisi jo tarkistanut senkin.

Se oli odotettavissa tällä alalla.

"Täydellinen." Dark Elf Archer vastasi, hieman houkutteleva hymy huulillaan.

Hänen hiuksensa olivat puhtaan valkoiset, kuin lumi, vedetty takaisin pitkäksi poninhännäksi, löysät hapsut kehystivät hänen kasvojaan.

Hänen silmänsä olivat kirkkaan keltaiset, mutta jotenkin kylmät kuin jää.

Hän ei vaikuttanut sellaiselta naiselta, jonka kanssa halusit ylittää polkusi, mutta Cassandra oli ollut elämässään tekemisissä monien tämäntyyppisten ihmisten kanssa, ja harvat ihmiset pystyivät pelottamaan häntä nyt.

Gedren ristissä hänen jalkansa tyynesti näkyi paljaan reiden sileän mustana ja, luultavasti aivan tarkoituksella, hänen tummanvioleissa pikkuhousuissaan.

Cassandra joutui myöntämään, että hänen koko lähestymistapansa oli hänelle uutta.

Normaalisti, jos joku halusi tehdä häneen vaikutuksen siitä, kuinka voimakkaita ja pelottavia he olivat, he käyttivät väkivallan uhkaa.

Tämä oli ensimmäinen kerta, kun joku yritti lannistaa häntä seksuaalisuudella.

Mutta hän oli päättänyt, että se ei toimisi paremmin kuin mikään muu lähestymistapa.

Gedren ei yrittänyt saada hänet tuntemaan olonsa epämukavaksi pelkästään koristeiden ja paljastavien vaatteiden avulla.

Jopa siinä lyhyessä ajassa, jonka hän oli ollut huoneessa, tummahaltian silmät olivat jo kulkeneet ja levänneet hänen ruumiillaan useita kertoja.

Cassandralla oli yllään nahkavaatteet, jotka peittivät hänen ihonsa jokaisen sentin päätä lukuun ottamatta, mutta ei erehtynyt, että hän riisui hänet henkisesti alasti.

Puolidemonina se oli epätavallinen kokemus, eikä näyttänyt siltä, että Gedren teeskenteli toivettaan.

Joten jos kuvakudokset olivat opas, hänen makunsa suuntautui epätavalliseen ja vaihtelevaan, mutta valitettavasti tumma tonttu Cassandralla ei juuri nyt ollut aikomusta tehdä sitä toisen naisen kanssa.

"Jotkut henkilöt ovat äskettäin palanneet tähän kaupunkiin", Lady Gedren jatkoi.

"He ovat sellaisia ihmisiä, joilla on tapana mennä maanalaisiin raunioihin etsimään kultaa ja aarteita. Olen varma, että tiedät, millaisia ihmisiä puhun. He ovat taitavia ja kokeneita, kuten kuka tahansa, jonka on selviydyttävä. pitkään. seikkailuissa".

Cassandra nyökkäsi, mutta odotti, että Lady Gedren lopettaa sanomansa.

"Ja he ovat hankkineet jotain, jotain, jonka haluaisin sinun hankkivan minulle...".

LUKU IV
VALERIA

Valeria nousi portaita ylös kartografia- ja karttakaupan takaosassa.

Onna, liikkeen omistaja, oli joku, jonka hän oli tuntenut pitkään. Hän oli usein toimittanut hänelle mielenkiintoisia asiakirjoja tai karttoja matkaa varten, mikä oli johtanut heidät dramaattisiin seikkailuihin pohjoisessa.

Viimeinen tällainen kartta oli ollut erityisen hyödyllinen, ja hän ansaitsi tietää tuon seikkailun tuloksen, joten Valeria meni sinne pian palattuaan.

Hän koputti Onnan asunnon oveen myymälän yläpuolella ja palkittiin hetken kuluttua, kun omistaja avasi oven.

Valeria näki, että nainen oli hyvin pukeutunut, ja hänellä oli yllään täyteläinen sininen hihaton mekko, jossa oli pitkä hame, joka oli leikattu sivuun, jotta se esitteli ohutta jalkaa ja nilkkasaappaat.

Leveä vyö kiristi hänen vyötärönsä korostaen hänen vartaloaan, ja itse mekossa oli rintojen välissä timantinmuotoinen kaula-aukko, jossa oli olkaimet paljain olkapäillä, jossa meripihkakivikaulakoru roikkui hänen kaulassaan.

Valeria huomasi tämän kaiken ja tajusi heti, että kyseessä ei luultavasti ollut hänen ystävänsä arkivaatteita.

"Olenko keskeyttänyt sinut?" Hän kysyi: "Voin aina palata huomenna."

Onna näytti hetken hämmentyneeltä ja katsoi sitten alas itseensä ja seurasi tontun silmiä.

"Voi, ei mitään, mitä ei voisi lykätä", hän sanoi punastuen hieman. "Minä olin vain... ei, se ei ole mitään. Tule sisään."

"Jos olet varma", Valeria vastasi astuen sisään.

Hän oli ollut täällä ennenkin, mutta ei kovin usein.

Yleensä he näkivät toisensa kaupassa.

Onna säilytti parhaat ja arvokkaimmat asiakirjat täällä, missä ne olisivat turvallisimpia.

Saatuaan tietää, että Valerian asiakkaat maksoivat hyvin tällaisesta tiedosta, nämä asiakirjat olivat tarjonneet hänelle arvokkaita asiakkaita ja ystävyyssuhteita, ja hän oli niitä harvoja ihmisiä, joilla oli pääsy hänen sisäiseen pyhäkköönsä.

Huoneen keskellä oli pitkä verhoiltu sohva, joka oli asetettu täyteläisen sinivalkoiselle matolle koristeellisen takan edessä , joka tähän aikaan vuodesta ei ollut valaistu.

Antiikkimaljakoita ja taide-esineitä koristavat huoneen, mikä osoitti naisen intohimoa menneisiin asioihin.

Huoneen takaosassa oli kirjoituspöytä, jossa oli useita pergamentin palasia, jotka olivat selvästi Onnan tutkinnassa.

"Halusin kertoa teille, kuinka viimeinen myyntisi meni", tonttunainen selitti, "se oli meille erittäin kannattavaa."

"Kyllä, kuulin sinun palaavan", Onna sanoi, "uutiset kulkevat nopeasti. Conan ja Snagg olivat The Gold Cupissa vasta kaksi yötä sitten, ja jo puolet kaupunkia tietää sen."

Valeria nyökkäsi hymyillen.

Conan oli palannut vasta seuraavana aamuna, mikä oli melkein epätavallista, ja jopa Snagg oli myöhässä.

Epäilemättä he olivat käyttäneet aikaansa miellyttääkseen ketään, joka kuunteli.

"Joten tiedät jo tarinan?" hän kysyi hieman pettyneenä.

"Vain historia epämääräisellä tavalla; sinun on täydennettävä se puolestani. Mutta sitä ennen minulla on sinulle muita asioita. Olen törmännyt asiakirjaan, jonka uskon sinun olevan varsin mielenkiintoinen."

"Emme aio vielä mennä ulos", Valeria varoitti häntä, "mutta se ei ole syy olla katsomatta, minä olen ihan okei."

Jos asiakirjasta oli hyötyä, olisi parempi ostaa se nyt kuin ottaa riski, että se myydään muille seikkailijoille ennen kuin he saavat sen.

Hän seurasi Onnaa pöydälle ja katsoi uteliaana edessään olevia pergamentin palasia.

"Tämä on ainoa olemassa oleva kopio", Onna sanoi hänelle pitäen nippua vanhempia kääröjä. "Itse asiassa se kertoo tästä kaupungista, täällä. Vanha asiakirja, joka tuli käsiini sattumalta. Se näyttää olevan tarina joiltakin menneiltä ajoilta seikkailijoilta. He löysivät jotain kaupungin alta, muinaisista lähteistä, luulen. Katsos, täällä on joitain karttoja, jotka on piirretty melko karkeasti, mutta ne näyttävät viittaavan johonkin vaaralliseen."

"Ei mikään tarpeeksi vaarallinen tuhoamaan kaupungin vuosisadaksi, eikö niin?" High Elf Archer vastasi hymyillen.

Onna hymyili takaisin valkoisten hampaiden välähdyksenä.

"Ei, luulisin ei. Mutta se on kuitenkin mielenkiintoista, eikö luule? Ja juuri täällä, joten sinun ei tarvitse "mennä" minnekään tutkiakseen sitä. Luulen, että saatat pitää sitä palkitsevaa lukea."

Valeria nyökkäsi: "Olen kiinnostunut. Voimme keskustella hinnoista myöhemmin."

Tietenkin... mutta on viimeinen asia. Itse asiassa tarvitsen apuasi. Törmäsin äskettäin toiseen asiakirjaan. Ei ole mitään syytä olettaa, että se kiinnostaisi erityisesti seikkailijoita... mutta no, se on arkaaisessa haltioiden murreessa, jota minun on vaikea kääntää. Ollakseni rehellinen, en pääse liian pitkälle; minulle on liian monia tuntemattomia sanoja. Jos näet sen ja annat minulle idean, kannattaako siellä tutkia tarkemmin... Voin ehkä tarjota sinulle alennuksen tästä toisesta", hän taputti kevyesti karttanippua.

"Toki, miksi ei? Katson, niin katson mitä voin kertoa sinulle."

Onna ojensi muutaman pergamenttiarkin, jotka eivät näyttäneet yhtä vanhoilta kuin muut.

Kyllä, murre oli hyvin arkaainen, ja sitä on täytynyt kopioida useita kertoja, mutta käsikirjoitus oli selvästi haltiamainen.

Hän katsoi heitä hetken ja tukahdutti sitten naurun ja laittoi kätensä suunsa päälle piilottaakseen huvittumisensa.

"Anteeksi", hän sanoi, "se ei ole aivan sitä, mitä luulet. Se ei todellakaan ole arkaaista... päinvastoin, jos mikään. Mutta ei, huomaan, että monet näistä sanoista eivät ole sitä, mitä tavallisesti löytäisit työstäsi ." Ja tyyli on ... se ei myöskään ole minulle tuttu."

Onna rypisti kulmiaan, näytti hämmentyneeltä.

Hänen suunsa nurkat nykivät kuitenkin myötätuntoisesti High Elf Archerin huvituksesta, muttei tiennyt, mistä vitsissä oli kyse.

"Mikä se sitten on? Eikö se ole arvokasta? Sano, että se ei ole vain ostoslista tai jotain!"

"Ei, se ei ole sitä", Valerialla oli vaikea olla hymyilemättä.

Ei todellakaan ollut hänen ystävänsä vika, että hän oli törmännyt tähän.

"Ja luulen, että se voisi olla jotain arvokasta oikealle ostajalle. Se on vain... no, ehkä minun pitäisi lukea vähän, jotta tiedätte, mistä puhun."

***

Ruusujen tuoksuva tuoksu leijui ilmassa, valo värjäsi vihreitä lehtiä kuin auringonvalon kosketus hohtavan veden päällä.

Tonttuneito odotti uutta aamunkoittoa ennustavan purkauksen autuutta, hänen sydämensä laulaen ikivanhaa mutta uutta säveltä, lupausta hedelmällisestä heräämisestä.

Hänen rakastajan hengitys, pehmeä kuin kesäsade kasvoilla, hänen suudelmansa, lupaus paljastamattomasta tulevaisuudesta.

Perhosen kosketus olisi yhtä suloinen kuin silloin, kun haltiateito toi kielelleen halutun rakastajansa rintojen suuret, vaaleat maapallot...

* * *

"Anteeksi, en vain voi jatkaa!" Valeria sanoi nyt nauraen ääneen.

"Mutta luulen, että ymmärrätte kuvan. Tämä... tämä on pohjimmiltaan tonttupornoa. Ja tyyli on luultavasti ylivoimaisempi, vaikka se näyttää käännettynä yhteiseksi puheeksi. Runollisia viittauksia ja niin edelleen... ihmiset lukevat tämän , mutta älä. Se on osa hänen säännöllistä lukemistaan, en usko niin. Hän ei myöskään halua antaa minulle vaikutelmaa, että olisin kovin asiantuntija näissä lukemissa."

Onna näyttää reagoivan aivan eri tavalla.

Hän näytti hermostuneemmalta kuin mikään muu, hänen silmänsä leveät, vaikka hänen suunsa nykisi edelleen puolihymyyn, ikään kuin hän näkisi ainakin hauskan puolen.

Hän avasi suunsa, ikään kuin hän olisi aikeissa sanoa jotain, mutta hän näytti ajattelevan sitä paremmin.

"Joo?" Valeria sanoi ystävällisemmin, vaikka jatkoikin hymy huulillaan.

"Mutta... öh... tarkoitan tonttuneitoa... öh, etkö sanonut 'hänen rakastajastaan'..." Hän hiljensi ja alkoi nyt punastua hieman.

High Elf Archer tajusi heti ystävänsä hämmennyksen lähteen.

Ihminen oli joskus hidas näissä asioissa.

"Kyllä", hän sanoi ja näyttää nyt hieman vakavammalta, ""haltianeidon" rakastaja on toinen nainen. Lukematta enempää, on vaikea olla varma, mutta tässä tarinassa ei näytä olevan ketään miestä.."

"Onko tuo... onko se yleistä?"

Onnan silmät olivat edelleen suuret, ja nyt hän tarttui yhdellä kädellä pöydän kylkeen tunteiden tulvassa hänen kasvoillaan.

Hän oli selvästi hämmentynyt kysyä lisää, mutta samalla utelias haluten tietää vastauksen.

"Tonttujen joukossa? Kyllä, on."

Suora vastaus vaikutti parhaalta tavalta käsitellä asiaa.

Ihmisnainen ei ainakaan ollut säikähtänyt tai reagoinut negatiivisesti.

Hän ansaitsi ainakin selkeän selityksen tälle... mutta Valeria ei vieläkään tiennyt mihin kysymykset suunnattiin.

"Katso, pohjimmiltaan me tontut olemme vapaita ihmisiä. Seksi on toinen kokemus, josta nautimme osana luontorakkaustamme; emme sido sitä tiukoihin sääntöihin ja määräyksiin. Ja tämä vapaus ulottuu kumppanimme sukupuoleen. tai kumppani, yhtä paljon kuin mikään muu. Eikä kyse ole vain naisista; haltiat miehet ovat usein läheisiä keskenään tavalla, jolla useimmat miehet eivät ole. Meille tämä kaikki on todella osa elämää."

"Joten..." hän näytti epävarmalta, kuinka saada seuraavat sanat ulos.

Hänen siniset silmänsä olivat kiinnittyneet Valeriaan, ja hän nielaisi hermostuneisuuttaan.

Yhtäkkiä High Elf Archerille oli aivan selvää, mihin tämä kaikki oli menossa.

Ja hän ei vastustaisi tässä vaiheessa, jos vain Onna voisi esittää kysymyksen.

"Joten..." karttamyyjä jatkoi, "todellako...?"

"Rakastuuko hän toiseen naiseen?"

Hän tiesi olevansa varma, että sitä hän halusi nyt kysyä, ja hän halusi vain nähdä ihmisen reaktion.

"Kyllä, haluaisin. Miehessä ei ole mitään vikaa... kuten sanoin, olemme vapaita kiintymyksistämme. Mutta siitä huolimatta mikään ei ole samanlaista kuin naisen tunne; he tietävät aina, mihin koskettaa. Ja se Minusta se on todella jumalallista."

Hän otti askeleen eteenpäin, niin että ne olivat vain sentin etäisyydellä toisistaan, mutta Onna ei liikkunut, eivätkä hänen silmänsä olleet vieläkään poistuneet Valeriasta.

Hän nuoli huuliaan kostuttaakseen niitä.

Valeria katseli, kun hänen ystävänsä vaaleanpunainen kieli liukui hänen huulilleen.

Onnan rintakehä nousi ja laskeutui nyt, selvästi näkyvissä matalan mekon läpi.

High Elf Archer pohti nyt, oliko mekko, niin viehättävä kuin se olikin, tarkoitettu hänen nähtäväksi.

Onna olisi tiennyt olevansa tulossa...mutta hän ei selvästikään ollut odottanut tätä; hänen hämmennyksensä kuultuaan kohdan luettua oli ollut hyvin selvää.

Ehkä hän oli halunnut sen jossain syvässä mielessään, mutta ei ollut oikein ymmärtänyt sitä tähän mennessä.

Nyt kun tilaisuus ilmaantui mahdollisimman selvästi, hän oli hämmentynyt.

Onna veti vielä henkeä, ja sitten äänellä, joka melkein vapisi ja oli tuskin kuultavissa edes näin läheltä, hän kysyi: "Voisitko opettaa minua?"

Vastauksen sijaan Valeria kumartui eteenpäin, hyväili karttamyyjän poskea ja suuteli sitten häntä huulille.

Se oli yksinkertainen kosketus, mutta Onna vetäytyi hetkeksi epävarmana itsestään.

Mutta vain hetken, jo Onna otti seuraavan askeleen, suutelemalla haltijoiden velhoa vastauksena, ja tällä kertaa enemmän luottamusta kuin ennen.

Heidän huulensa erottuivat ja heidän kielensä kietoutuivat, kun Valeria painoi kehoaan ystävänsä huulia vasten ja tunsi rintojensa muodon vaatteiden läpi.

Hän nojautui taaksepäin, katsoi Onnan kasvoihin, katsoi hänen sinisissä silmissään, tunsi sanomattoman sisäisen halun sanoilleen, joita hänen oli niin vaikea ilmaista.

Hänen hiekkaiset hiuksensa vedettiin taaksepäin, jolloin hänen pitkä kaulansa jäi paljaaksi, viehättäväksi.

Valeria juoksi sormenpäällään Onnan leukaa pitkin nostaen häntä hieman, sitten suuteli hänen kurkkuaan ja niskan puolta, toisella kädellä naisen vyötärön ympäri, tuntien kankaan pehmeän lämmön.

"Ehkä meidän pitäisi muuttaa sohvalle?" hän ehdotti.

Täällä jossain oli makuuhuone, mutta tonttu oli liian innokas tuhlaamaan aikaa siihen menemiseen, ja hän epäili ihmisnaisen olevan sitäkin enemmän.

Parempi täällä, tässä huoneessa, joka ei ole molemmille tuttu.

Toinen nainen nyökkäsi, ehkä miettien samoja ajatuksia tai kenties liian innoissaan ajatellakseen mitään muuta.

Onna istui sohvalla, melkein kaatuen, jalat velttoina.

Valeria hymyili ja ojensi kätensä koskettaakseen uudelleen naisen kasvoja.

"Älä huoli", hän sanoi rauhoittavasti, "tämä tulee olemaan hauskaa."

Hän istui puoliksi sohvalle hänen viereensä niin, että he olivat edelleen vastakkain.

Onna nojautui sohvan selkänojaa vasten tukeakseen, kätensä ojennettuina, suunsa hieman auki, rintakehän nousu ja lasku oli selvempää kuin koskaan.

Hopeanvärinen lukko piti hänen mekkonsa kangasta timantinmuotoisen pääntien päällä, jonka läpi Valeria saattoi nähdä osan naisen dekolteesta.

Hän liu'utti sormeaan kumppaninsa solisluuta pitkin, jalokivikaulakorun ohi, avasi sitten taitavasti lukon vetäen kaksi kangaspalaa alas ja sivulle paljastaen Onnan rinnat.

Ihmisnainen ei liikahtanut, ikään kuin hän olisi jäässä missä oli, minkä jälkeen Valeria hymyili hänelle uudelleen ja kurkoi olkahihnoja kohti.

Lopulta Onna liikutti käsiään ikäänkuin transsissa noustaen hieman sohvan selästä, jotta Valeria saattoi laskea mekkonsa harteiltaan vyötärölleen.

"Näytät kauniilta", hän sanoi rehellisesti, mutta nainen ei vastannut.

Hän suuteli uudelleen, lyhyesti, Onnan huulia ja kieltä, sanoen enemmän innostuksella, jolla hän sai suudelmat, kuin sillä, mitä hän osasi sanoin pukea.

Hänen paljaat rinnansa hieroivat nyt Valerian oman mekon kangasta, mutta High Elf Archer päätti pitää omat vaatteensa vielä vähän kauemmin.

Päätettyään suudelman hän katsoi takaisin Onnan rintaan.

Naisen rinnat olivat runsaat, hänen omaa suuremmat, mutta eivät liian varustetut.

Hän liikutti kätensä niiden päällä, tunsi ihon sileyden ja sai vaaleanpunaiset nännit kovettua.

Karttamyyjä huokaisi siitä, mielihyvän huudahduksen, joka nousi tahattomasti.

Valerie hymyili jälleen.

Hän nautti tästä ja otti aikaa.

Hän kumartui suudellakseen rintaa ja pyöritti nännin kielensä alle, mikä sai ystävänsä haukkumaan jälleen, tällä kertaa kovemmin.

Hänen intohimonsa nousi nyt, kiistatonta, mutta silti hän ei liikahtanut haltianaista kohti.

Valeria suuteli toista rintaa liikuttamalla kättään vapauttaakseen sen, ja sitten nousi seisomaan.

Onna näytti hetken harmistuneelta ja halusi selvästi ilon jatkuvan, kunnes hän tajusi, että Valeria yritti avata pukunsa napit.

Toisin kuin ihmisnainen, hän ei ollut pukeutunut erityisesti tätä päivää varten, vaikka näin jälkikäteen katsoen toivoikin.

Hän käytti pitkää vihreää mekkoa, joka oli leikattu solisluun kohdalta, mutta ei alempana, ja jossa oli pitkät hihat ja vaaleankeltainen liivi, joka osoitti hänen ohutta vyötäröään.

Hänen hiuksensa pysyivät hänen terävien korviensa päällä ylhäältä vihreillä nauhoilla, mutta ne putosivat selkäänsä ja ulottuivat melkein pakaroiden yläpuolelle.

Nyt hän avasi mekkoa niskan takana pitävän lukon ja vapautti kätensä kapeista hihoista liu'uttamalla mekon lantiolle.

Vaikka hänen ystävänsä oli ilmeisesti päättänyt olla käyttämättä mitään mekkonsa yläosan alla, Valerialla oli vielä lipsahdus, pehmeä valkoinen silkki, joka imarteli hänen kauniita muotojaan.

Hän saattoi tuntea odotuksen Onnan silmissä, kun hän katseli hänen riisuutuvaa, hänen katseensa kulki hänen hoikista pohkeistaan ja pehmeistä vihreistä kengistään, pitkin hänen silkkiverhoiltua vartaloaan hänen pienten rintojensa kaareviin.

Pidentääkseen hetkeä hieman pidempään Valeria riisui mekkonsa ja riisui sitten kengät yksitellen.

Sitten hän polvistui matolle ja tunsi paksun materiaalin paljaita polvia vasten.

Hän päästi irti toisesta olkapäästä ja sitten toisen, työntäen silkkiä hitaasti alas hänen vartaloaan kohti hänen vyötäröänsä.

Onna ei liikkunut koskeakseen häneen, joten hän kohotti kätensä hieman häntä kohti ja suuteli häntä uudelleen.

Heidän rinnansa koskettivat, nyt ilman kangasta, tontun pienempää rintaparia, jotka painoivat suurempia ihmisiä.

Karttamyyjä haukkoi henkeään, vetäytyen pois suudelmasta, hänen tunteensa oli aivan liian ilmeinen.

Valeria päätti, että hän oli odottanut tarpeeksi kauan.

Hän asettui jälleen kantapäälleen ja liikutti kätensä ylös Onnan pehmeää vatsaa pitkin, kiusoitten napaansa matkan varrella, sitten avasi vyön ja laittoi sen sivuun ennen kuin heitti sinisen mekon naisen jalkojen päälle kerätäkseen painoaan. jalat.

Onna potkaisi häntä innokkaasti jatkamaan, ja nyt hän pukeutui vain saappaisiin ja valkoisiin pikkuhousuihin.

Nyt Valeria laski ystävänsä pikkuhousut ja jätti ne hänen jalkoihinsa, mutta kumpikaan naisista ei liikahtanut riisuakseen saappaita.

Valeria levitti varovasti ihmisen jalat erilleen ja hyväili hänen paljastuneen reiden sisäpuolta.

Onna vapisi, yhtäkkiä haavoittuva, kaikki paljastunut.

"Sinä haluat tätä?" High Elf Archer kysyi tietäen jo vastauksen, mutta haluten kuulla sanat.

Mutta Onna oli hiljaa ja vain nyökkäsi hiljaa.

Hän juoksi sormillaan uudelleen naisen vatsaa pitkin, tällä kertaa ylemmäs, silitellen kiharat hiukset hänen kusipäänsä yli.

Sitten hän polvistui ja suuteli häntä.

Karttamyyjän vartalo kaareutui, ja hän huudahti mielihyvästä, voimakkaimman äänen, jonka hän oli koskaan antanut.

Rohkaistuna Valeria juoksi kielellään naisen häpyhuulien koko pituudelta ja työnsi sitten kielensä syvälle kuseen.

Valitus oli tällä kertaa vielä kovempaa, hänen reidet kourisivat, ja Onna kurkotti alas, juoksi sormillaan haltionaisen hiusten läpi ja piti häntä haaroistaan.

Valeria jatkoi liukuen kielensä sisään ja ulos, nauttien jokaisesta ihmisen tunteiden pisarasta, kiusoitellen klilistaan.

Hänen kätensä hyväili naisen reisiä ja alaosaa nostaen hänet parempaan mielihyvän asentoon.

Onna voihki, puristi toisella kädellä omaa vasenta rintaansa ja tarttui tonttumaagin päähän toisella.

Hän puhui ensimmäistä kertaa ja huusi Valerian nimeä lantion vapisten.

Kun High Elf Archer jatkoi klitkänsä tutkimista, nuolemista ja heilauttamista kielensä kärjellä, hän saattoi todeta, että karttamyyjä oli lähellä huipentumaansa.

Kaikki hänen entisen hiljaisuutensa jäljet olivat nyt kadonneet, hänen mielihyvän voihkauksensa kaikui huoneen läpi.

Hän ei voinut kestää paljon enempää.

Ja Valeria ei halunnut hänen tekevän sitä.

Onna huipentui pitkällä, venytetyllä vapisevalla voihkauksella, hänen vartalonsa kumartui sohvaa vasten, saappaat jalkansa rummuivat lattialla, hänen rinnansa kohosivat.

High Elf Archer nojautui taaksepäin ja katsoi naista hänen huohottaessaan, hikihelmet nyt helmissä hänen alastomaa kehoaan.

"Se oli... se oli..." Onna haukkoi henkeään yrittäessään saada takaisin normaalia hengitystään.

"Se", Valeria sanoi, "ei ole vielä ohi. Luulen, että haluat vielä lisää... ja minä annan sen sinulle."

Hän nousi seisomaan ja antoi lipsun liukua jalkojensa yli lattialle.

Ihmisnainen näytti melkein siltä kuin hän tunsi syyllisyyttä tehdessään niin, mutta sitten hän nuolaisi huuliaan, kun hän näki edessään seisovan tontun alastomuuden.

"En tiedä voinko..." hän sanoi rukoillen. "Et vielä... olet kaunis, Valeria, ja minä haluan... mutta minun täytyy vetää henkeä."

"Voi, luulen, että olet nyt valmis", hän vastasi ja kumartui suudellakseen niitä huulia vielä kerran.

Onna sulki silmänsä, suudelma viipyi, ja hänen ruumiinsa liike, kun heidän rinnansa koskettivat jälleen kerran, vakuutti tontun, että hän oli oikeassa.

Mikä oli hyvä, sillä hänen oma pillunsa kipeytyi nyt, hänen oma nautintonsa kesti liian kauan.

Hän otti Onnan kädestä ja veti hänet matolle niin, että he kaksi makasivat kasvotusten.

He suutelivat uudelleen, heidän ruumiinsa kietoutuneena, jalat liukuvat toisiaan vasten.

He halasivat, Onna kulki toisen käden sormilla tontun pitkien, silkkisten hiusten läpi, sitten hyväili hänen selkäänsä, kun taas Valeria hyväili hänen pakaroitaan.

Suudelma jatkui, karttamyyjän vartalo hankautui Valeriaa vasten ja hänen nännit kovettuivat jälleen.

High Elf Archer päästi hänet irti, liu'uttamalla hänen kätensä ylös kuppiakseen yhtä rintaa ja hieroen sitten sormella vaaleanpunaista nänniä.

"Sinä näet?" hän sanoi: "Olet enemmän kuin valmis taas. Mutta tällä kertaa..."

"Ai niin", Onna sanoi. "Haluan tämän olevan meille molemmille. Olen usein ajatellut... jotain tämän kaltaista. Millaista olisi olla toisen naisen kanssa, mutta ei koskaan... En usko, että saisin tilaisuutta. Nyt kyllä, en halua menettää tätä hetkeä."

"Tee minulle, mitä haluat, pelkäämättä", High Elf Archer vastasi ja suuteli häntä vielä kerran.

Onnan kädet liikkuivat, liukuen vatsansa ympäri ja tontun pienille rinnoille asti.

Valeria huokaisi iloisena ja kiertyi selälleen.

Karttamyyjä kumartui hänen ylle, suuteli hänen solisluutaan, kupli toista rintaa, tunsi sen käsiään vasten, mutta ei enempää.

Rohkaisekseen häntä haltiaseikkailija juoksi omalla kädellä naisen vatsan yli, tutkien hänen jalkojensa väliä vielä kerran ja huomasi, että hänen huulensa olivat kosteat ja turvonneet, mikä silti houkutteli mielihyvää.

Onna huokaisi ja kumartui sitten suudellakseen kutakin Valerian nännejä, hänen kielensä märkä ja innokas.

"Joo..." hän mutisi, "oi joo..."

High Elf Archer vastasi siirtämällä sormiaan sisäänpäin, tunkeutuen naisen kuseen.

Hänen kumppaninsa voihki, vääntelehtien matolla, kun Valeria koukussa jalkansa hänen jalkansa läpi.

Vihdoin Onna näytti tajuavan, mitä hänen rakastajansa tarvitsi, koskettaen varovasti tontun jalkojen väliin ja vei sormea hänen reisiensä väliin.

Kuinka paljon se kosketus maksoi hänelle, tuo provosoiva toiminta!

Valeria liikutti omia sormiaan sisään ja ulos liukuen Onnan kuseen ja näytti naiselle, mitä hän itse halusi.

Ihminen syventyi, peukalonsa liukuen haltianaisen kuseen yli, hänen sukupuolensa suloisuuteen.

High Elf Archer voihki pehmeästi, rohkaisi häntä ja liikutti omia sormiaan nopeammin.

Tämä oli liikaa Onnalle.

Hän kiertyi omalle selälleen potkien jalkojaan, täristen, purkautuen.

Valeria nosti itsensä kyynärpäähän, hänen sormensa pumppasivat edelleen sisään ja ulos, kun Onna kurkotti yhtä rintaansa.

Nainen rukoili häntä nyt haukkoen ja huutaen ilosta.

Valeria kiemurteli ja pisti kasvonsa vielä kerran Onnan kuseen.

Hän nuoli sitä innokkaasti, hänen etusormensa liukuen yhä sisään ja ulos naisen kosteudesta ja löysi kielensä avulla hänen klisoksen.

Onna huusi unohtaen omat hyväilynsä, toinen käsi tarttui Valeriaan pakaraan ja painoi nenänsä ystävänsä vatsaa vasten.

High Elf Archer kiersi häntä, toinen reisi hänen kasvojensa molemmin puolin, nuoleen ja imeen edelleen hänen sormensa tutkiessa.

Viimeisellä sanattomalla huudolla Onna kurkotti toisen kerran, hänen vartalonsa kouristeli, puristi Valerian selkää, hänen kasvonsa painuivat nyt yhtä tontun sisäreittä vasten.

Hänen jalkansa nykivät, ja hän voihki, kun seikkailijan pitkät hiukset liukuivat hänen kylkelleen.

"Jumalatar, olen pahoillani", ihminen sanoi. "Olet niin hyvä". Hän nielaisi ennen kuin jatkoi: "Mutta minä haluan kaiken. Nyt tiedän, miltä se tuntuu. Ja haluan saada toisen naisen tulemaan minun kaltaiseksini. Tarvitsen vain... Minun täytyy vain tietää, kuinka tehdä se oikein."

"Luulen, että tiedät mitä tehdä", Valeria sanoi, "ikään kuin olisit tehnyt sen itsellesi."

Hän oli nyt kärsimätön, mutta yritti olla näyttämättä sitä.

"Tarvitsen sinua, tarvitsen sinua todella nyt. En voi odottaa enää."

Onna venytteli ja käänsi kasvonsa tontun omaa kusipäätä kohti.

Valeria tunsi hänen sormensa liukuvan pilluansa, haukkoen jälleen, kun nautinto alkoi kasvaa.

Hän tarvitsi vapautusta, hän tarvitsi sitä nyt kipeästi.

Hän keinutti lantiotaan edestakaisin hieroen sormeaan pillunsa sisäpuolta vasten.

Karttamyyjä hengitti raskaasti, edelleen epävarma itsestään.

"Kyllä, se on hyvä", High Elf Archer huusi, "älä lopeta."

Onna heilutti nyt sormeaan kärsimättömästi, ja Valeria vapisi odotuksesta.

Ihmisnaisen käsi oli nyt liukas sukupuolensa kanssa, kun taas tonttu suuteli hänen reiteensä ja kulki hänen kielensä kärjellä emättimen huulen yli.

Karttamyyjä huudahti kielensä kosketuksesta kuristuneena, veti sormensa esiin ja tarttui molemmin käsin Valerian pakaraan pakottaen tämän laskemaan emättimensä suuhunsa.

Hänen kielensä liukastui tontun kusipäähän, liukastuen kokemattomana, kunnes se löysi hänen klitinsä.

"Kyllä, siellä!" Valeria huusi murskaten lantionsa naisen kasvoihin.

Onna rohkaisi, hänen taitonsa ja itseluottamuksensa ilmeisesti kasvoivat.

Siinä hän tarvitsi vain rohkeutta.

High Elf Archer ei voinut enää puhua.

Hän haukkoi henkeään, huusi rakastajansa nimeä herkullisen nautinnon lisääntyessä.

Hän tuli yhtäkkiä, hänen reidensä melkein tarttuivat Onnan päähän.

Se oli räjähdys, hänen tukahdutettu intohimonsa vapautui äkillisesti, hänen valituksensa kaikuvat hänen puolisonsa valituksia.

Nautinnon aallot törmäsivät hänen kehoonsa jättäen hänet sokaisevan tyhjäksi.

Onna tiesi nyt tarkalleen, miltä tuntui saada naisen orgasmi kasvoillaan...

TARINA JATKUU: CONAN BARBAARI TOINEN OSA